VENTE

Du Vendredi 12 Décembre 1884.

MEUBLES EN BRONZES

❀ DU XVIIIᵉ SIÈCLE ❀

COMMISSAIRE-PRISEUR

Mᵉ P. CHEVALLIER

EXPERT

M. CH. MANNHEIM

IMPRIMERIE DE J. CLAYE

CATALOGUE

DE BEAUX

MEUBLES & BRONZES

SIÈGES

DES ÉPOQUES LOUIS XIV, LOUIS XV ET LOUIS XVI

Belle Pendule en marqueterie, de Boulle
Bouts de Bureaux, Meubles d'entre-deux, Vitrines
Secrétaires, Bureaux, Tables à ouvrage, etc.
en marqueterie de bois et autres
Fauteuils, Banquettes, Tabourets, etc., en bois sculpté
Sculptures en terre cuite et en marbre
Faïences
Porcelaines de Saxe et de Chine, garnies de montures anciennes
Flambeau de bureau, du temps de Louis XVI, en argent
Tapisseries et Étoffes

DONT LA VENTE AURA LIEU

HOTEL DROUOT, SALLE Nᵒ 8

Le Vendredi 12 Décembre 1884, à 2 heures.

Par le Ministère de **Mᵉ Paul CHEVALLIER,**
commissaire-priseur, 10, rue de la Grange-Batelière,

Assisté de **M. Charles MANNHEIM,** expert,
7, rue Saint-Georges.

EXPOSITIONS

PARTICULIÈRE	PUBLIQUE
Le Mercredi 10 Décembre 1884	Le Jeudi 11 Décembre 1884

DE UNE HEURE A CINQ HEURES

CONDITIONS DE LA VENTE

Elle sera faite au comptant.

Les adjudicataires payeront *cinq pour cent* en sus des enchères.

L'exposition mettant le public à même de se rendre compte de l'état des objets, il ne sera admis aucune réclamation une fois l'adjudication prononcée.

Paris. — Imp. de l'Art. E. Ménard et J. Augry
41, rue de la Victoire, 41

DÉSIGNATION DES OBJETS

MEUBLES

1 — Jolie pendule du temps de Louis XIV, accompagnée de son socle de suspension en marqueterie de cuivre, sur écaille, richement garnie d'ornements en bronze ciselé. Le mouvement est à grande sonnerie.

2 — Bout de bureau en bois d'ébène incrusté de filets de cuivre, enrichi de panneaux de laque à fond noir et richement garni de bronzes ciselés et dorés, cariatides, mascarons, etc. Époque Louis XV.

3 — Joli petit secrétaire du temps de Louis XV en bois satiné, garni de quelques ornements en bronze ciselé et doré et à dessus de marbre brèche.

4 — Jolie petite armoire de même époque et de même travail, fermant à deux portes.

5 — Table de nuit du temps de Louis XV en bois de violette, garnie de quelques ornements en bronze ciselé et doré.

6 — Autre grande table de nuit en bois de rose, à dessus marqueté à fleurs et ornements. Époque Louis XV.

7 — Table de nuit de forme contournée en bois de violette, à dessus de marbre et à poignées en bronze ciselé et doré. Époque Louis XV.

8 — Bout de bureau du temps de Louis XV en bois satiné, garni d'ornements en bronze ciselé et doré. Les cartons sont décorés d'ornements dorés au fer.

9 — Table modèle rognon, formant bureau, en bois satiné. Époque Louis XV.

10 — Joli petit bureau à cylindre mobile, en bois de rose, garni de sabots en bronze ciselé et doré. Époque Louis XV.

11 — Meuble d'entre-deux du temps de Louis XV,
en bois d'amaranthe et panneaux de laque, à
fond rouge, richement garni de bronzes et à
dessus de marbre brèche.

12 — Vitrine ou petite bibliothèque en bois de
violette et bois de rose, fermant à deux portes
vitrées, garnie de bronzes et à dessus de
marbre brèche. Époque Louis XV.

13 — Joli secrétaire Louis XV, forme droite à
contours et sur quatre pieds élevés, en marqueterie de bois, garni de bronzes ciselés et
dorés et à dessus de marbre.

14 — Table en bois sculpté et doré du temps de
la Régence, à dessus de laque à fond noir.

15 — Joli petit bureau du temps de Louis XV, en
marqueterie de bois, garni d'ornements
rocaille en bronze ciselé et doré.

16 — Jolie petite table à ouvrage de forme ovale,
avec tablette d'entre-jambes en bois de rose
à rosaces et à quadrillages et à dessus de
marbre brèche, garnie de quelques ornements
de bronze doré. Époque Louis XV.

17 — Petite table à ouvrage en marqueterie de bois satiné, du temps de Louis XV.

18 — Meuble d'entre-deux à contours et fermant à deux portes en bois de violette, et garni de beaux cuivres dorés. Dessus de marbre très épais. Époque Louis XIV.

19 — Grande armoire fermant à deux portes, en marqueterie de bois satiné et de violette à quadrillages, garnie de mascarons et d'ornements en bronze ciselé et doré. Époque Louis XV.

20 — Joli secrétaire Louis XV en marqueterie de bois, à ornements en bois foncé, sur fond bois de rose, garni de bronzes et à dessus de marbre brèche.

21 — Table à ouvrage formant bureau, en bois de rose, avec dessus en cuir doré au fer. Époque Louis XV.

22 — Autre table à ouvrage en marqueterie de bois, à fleurs et ornements. Époque Louis XV.

23 — Petite commode Louis XV en marqueterie de bois, à fleurs en bois de violette, sur fond bois de rose, garnie de bronzes et à dessus de marbre brèche.

24 — Très jolie petite table bureau du temps de
Louis XV, en marqueterie de bois, à fleurs
et ornements en bois de violette, sur fond
bois de rose, garnie de quelques ornements
de bronze.

25 — Petite commode à trois tiroirs en marqueterie de bois à rosaces, garnie d'ornements
de bronze et à dessus de marbre. Époque
Louis XV.

26 — Petite table toilette en marqueterie de bois
à rosaces et ornements, garnie de quelques
ornements de bronze. Époque Louis XV.

27. — Étagère de salle à manger en bois de rose,
avec dessus et intérieur en brèche d'Alep.
Époque Louis XV.

28 — Joli meuble à côtés cintrés et rentrants en
marqueterie de bois à quadrillages, fermant
à deux portes vitrées et garni de mascarons
et de quelques ornements de bronze doré.
Époque Louis XV.

29 — Lit du temps du Directoire en acajou
plein sculpté et marqueterie de bois, à
figures, corbeilles de fleurs, etc.

30 — Petit secrétaire droit en marqueterie de bois de rose et fleurs en bois de violette, garni d'ornements en bronze doré. Époque Louis XV.

31 — Table modèle rognon en acajou plein, avec tiroirs. Époque Louis XV.

32 — Table ovale du temps de Louis XVI en marqueterie de bois, avec entre-jambes décoré d'un trophée de musique et à dessus de marbre blanc.

33 — Commode Louis XV à deux tiroirs et à contours en marqueterie de bois, à quadrillages, à dessus de marbre blanc, et garnie de bronze.

34 — Bureau à dos d'âne en bois de placage et garni de bronzes. Époque Louis XV.

35 — Deux panneaux de laque noir à décor, en couleur et or, avec encadrements de bois de placage.

36 — Table à ouvrage en marqueterie de bois de rose à quadrillages et rosaces, garnie de bronzes, Époque Louis XV.

37 — Petite table modèle rognon, avec étoile en
marqueterie de bois et galerie en cuivre
découpé. Époque Louis XV.

38 — Deux encoignures en bois de chêne sculpté,
à façade cintrée. Époque Louis XVI.

39 — Petit meuble d'entre-deux fermant à deux
portes et à contours, en bois de noyer sculpté
avec cariatides aux angles et à dessus de
marbre. Époque Louis XV.

40 — Grand cadre du temps de la Régence en
bois sculpté et doré.

40 *bis* — Autre cadre en bois sculpté et doré;
celui-ci date du temps de Louis XV.

BRONZES

41 — Groupe de deux figures en bronze : Enlè-
vement de Proserpine par Pluton, sur socle
en bronze ciselé et doré. Époque Louis XV.

42 — Jolie petite pendule et son socle de suspension en bronze ciselé et doré, modèle rocaille. Le socle est enrichi d'une figurine d'enfant. Époque Louis XV.

43 — Figurine de satyre timbalier accroupi, en bronze doré au mat sur socle en marbre rouge antique.

44 — Deux bras-appliques du temps de Louis XIV en bronze ciselé, à une lumière.

45 — Petite pendule de voyage, modèle rocaille, en bronze ciselé et doré. Époque Louis XV.

46 — Jolie petite pendule du temps de Louis XV en bronze ciselé et doré, modèle rocaille.

47 — Pendule semblable à celle qui précède.

48 — Deux chenets du temps de Louis XV en bronze doré, modèle rocaille et figures d'enfants.

49 — Deux petits chenets du temps de Louis XIV en bronze, à figures d'enfants chauffeurs.

5o — Deux chenets Louis XV, modèle rocaille, en bronze doré.

51 — Deux flambeaux du temps de Louis XIV en bronze ciselé ; chacune des tiges est ornée des bustes des Saisons.

52 — Presse-papier formé d'une figurine d'enfant à demi couché, en bronze ciselé et doré, sur base en granit rose oriental.

ORFÈVRERIE

53 — Joli flambeau de bureau à deux lumières en argent ciselé, du temps de Louis XVI.

FAIENCES

54 — Grand et beau vase à couvercle en ancienne faïence de Delft, décor bleu à médaillons sujets mythologiques et personnages de la comédie italienne.

55 — Petit vase en ancienne faïence de Nevers à fond bleu de Perse, garni d'une monture ancienne en bronze doré.

56 — Jolie jardinière en ancienne faïence de Marseille à médaillon de personnages et marines et à bordures roses imbriquées.

57 — Boîte forme cœur en faïence du Midi, sur un socle ancien en bronze.

PORCELAINES

58 — Carlin assis en ancienne porcelaine de Saxe sur un socle Louis XV en bronze doré.

59 — Statuette de Chinois debout pinçant de la mandoline, en ancienne porcelaine de Saxe.

60 — Statuette de Crispin dansant, en ancienne porcelaine de Nymphenburg.

61 — Veilleuse en forme de maison en ancienne porcelaine d'Allemagne, sur socle en cuivre doré.

62 — Grande potiche à couvercle en ancienne porcelaine du Japon à décor de chevaux, oiseaux et arbustes sur fond bleu d'eau.

63 — Deux jolis petits vases ovoïdes en vieux
Chine, décor persan, garnis de montures en
bronze ciselé et doré du temps de Louis XV.

64 — Vase ovoïde à décor de fleurs dessinées au
trait sur fond bleu turquoise et garni d'une
monture Louis XVI en bronze ciselé et doré.

65 — Deux petits groupes composés chacun d'un
personnage à cheval en ancienne porcelaine
de Chine, montés en candélabres à deux
lumières en bronze ciselé et doré. Époque
Louis XV.

66 — Compotier en vieux Chine, fond vermil-
lon.

67 — Double garniture de toilette en porcelaine
de Chine, décorée de fleurs bleues sur fond
jaune.

68 — Deux petits vases ovoïdes en vieux Chine
à décor bleu, garnis de montures rocaille en
bronze ciselé et doré. Époque Louis XV.

69 — Assiette en vieux Chine, fond pourpre et
décor bleu.

70 — Plaque forme cœur en vieux Chine, à bord bleu et médaillon : groupe de personnages décorés en émaux de la famille verte.

SCULPTURES

71 — PIERRE. — Quatre statuettes de moines pleureurs dans le goût de celles qui décorent les tombeaux des ducs de Bourgogne à Dijon. XVe siècle.

72 — MARBRE BLANC. — Jolie statuette du temps de Louis XV : portrait présumé d'Adrienne Lecouvreur, en costume de théâtre.

73 — TERRE CUITE. — Joli buste de femme du temps de Louis XVI, sur piédouche en marbre brèche.

74 — TERRE CUITE. — Groupe de trois figures représentant un sujet allégorique. Époque Louis XV. Sur socle en marbre.

SIÈGES

75 — Joli fauteuil de bureau du temps de Louis XV, à cinq pieds et foncé en canne dorée.

76 — Petit canapé à oreilles du temps de la
Régence, en bois sculpté, ciré et foncé en
canne.

77 — Grand et beau fauteuil du temps de la
Régence, en bois sculpté, couvert en velours
de Gênes à fond bleu.

78 — Fauteuil Louis XVI en bois sculpté et doré,
couvert de dauphine à fleurs sur fond violet.

79 — Fauteuil analogue à celui qui précède,
couvert de même étoffe.

80 — Tabouret Louis XIV en bois sculpté, avec
entre-jambes, couvert en velours frappé bleu
grisâtre.

81 — Jolie chaise, du temps de Louis XV, en bois
sculpté, couverte en velours vert à rosaces
violettes.

82 — Chaise chauffeuse en bois d'acajou, garnie
de quelques ornements de bronze doré.
Époque Louis XVI.

83 — Fauteuil marquise, du temps de Louis XVI,
en bois sculpté et doré, couvert en velours
frappé à fond bleu clair.

84-85 — Deux beaux fauteuils Louis XV en bois
sculpté, couverts de beau velours de Gênes à
fleurs et ornements, l'un sur fond blanc et
l'autre sur fond jaune.

86 — Petite banquette très basse en bois sculpté,
du temps de Louis XV, couverte d'une bande
de tapisserie à fleurs.

87 — Tabouret Louis XV sur pieds reliés par un
entre-jambes à X, en bois sculpté, couvert de
tapisserie à fleurs.

88 — Fauteuil de bureau, du temps de Louis XIV,
en bois sculpté, ciré et foncé en canne.

89 — Deux fauteuils Régence en bois sculpté,
foncés en canne dorée.

90 — Deux fauteuils analogues à ceux qui précè-
dent.

91 — Deux autres fauteuils de même travail et
de même époque.

92 — Fauteuil Louis XIV, à dossier élevé, en
bois sculpté et foncé en canne.

93 — Fauteuil de même travail et de même
époque, mais plus petit.

94 — Deux sièges à X en bois sculpté et foncés
en canne, formant prie-Dieu. Époque
Louis XIV.

95 — Quatre belles chaises, à dossiers cintrés.
en bois sculpté, foncées en canne dorée.
Époque Louis XV.

96 — Deux chaises voyeuses en bois sculpté,
foncées en canne dorée. Époque Louis XV.

97 — Chaise Louis XV en bois sculpté, foncée
en canne dorée.

98 — Autre chaise, du temps de la Régence, en
bois sculpté et foncée en canne.

ÉTOFFES

99 — Tapisserie de la fin du xvᵉ siècle, représentant diverses scènes champêtres, composition
d'un grand nombre de personnages.

100 — Jolie tapisserie de Flandres représentant Vertumne et Pomone dans un parc.

101 — Tapis de table en tapisserie au point, à figures de la comédie italienne, ornements et attributs de jeux, tels que : cartes, jetons, etc. Époque Louis XIV.

102 — Lot de diverses étoffes anciennes.

103 — Morceau de velours noir brodé. Travail japonais.